ウキウキ　でんしゃさん

スフレ

目次

ウキウキ　でんしゃさん　6
つばめの　おてがみ　10
すずめの　こども　16
いしころさんの　えんそく　22
ベンチさんの　おはなし　28
ちょうちょうさんの　ゆうびんやさん　32
とんぼの　おはなし　36
はずかしがりやさん　40
おかしやさんに　なったらね　44
絵　48
おうちを　みつけたよ　52
おかあさんが　わらったらね　58
おとうさん　64
てを　つないだら　70
ほっぺを　みつけたよ　74

ゆうびんやさん　80
かわいいなぁ　って　いったらね　84
みどり　って　いいなぁ　90
ひまわりさん　94
あさがおさん　100
かきごおりさん　106
まなつの　まひるの　まんなかで　112
風鈴さんと　おるすばんを　していたらね　120
コスモスさん　124
夕焼けの　みち　134
さくらの　おち葉の　おはなし　138
うれしくて　うれしくて　142
神さまを　みつけたよ　146
ここは　どこ?　150
また　きてね　154

ウキウキ　でんしゃさん

ウキウキ　でんしゃさんが
はしってゆくよ。

みんなを　のせて　はしってゆくよ。
コト　コト　コト　トン
ルン　ルン　ルル　ルン
おうたを　うたって　はしってゆくよ。

おきゃくさまは　だれかしら？
ネクタイ　しめて　すわってる

ゆうびんポストは　タロウさんね。
のんびり　足を　のばしてる
赤いベンチは　メリーさん。

まどべで　ご本を　よんでいる
いしころさんは　トムくんね。

こっくり　こっくり　ねむってる
そうじきさんは　さちこさん。

コップの　ココちゃん　きらきらと
お空を　ずーっと　ながめてる。

みんなに　おやつを　わけている
おさらの　サーヤは　うつくしい。

きれいな　おうたを　うたってる
お花の　マリさん　しあわせなのね。

やさしい　やさしい　でんしゃさん。
あるいて　ゆけない　ものたちを
どこへも　ゆけない　ものたちを
みーんな　のせて　はしってゆくよ。

みんなの　えがおが　うれしくて
みんなの　えがおが　たのしくて
コト　コト　コト　トン
ルン　ルン　ルル　ルン
ますます　げんきに　はしってゆくよ。
コト　コト　コト　トン
ルン　ルン　ルル　ルン

虹の　トンネル　くぐりぬけ
コト　コト　コト　トン
ルン　ルン　ルル　ルン
にこにこ　にっこり　はしってゆくよ。

ぬいぐるみさんの　ナナちゃんが
ウキウキ　でんしゃの　しゃしょうさん。
おじぎを　ペコリと　ひとつして
かわいい　おこえで　いいました。

つぎはー
ゆうえんちー　ゆうえんちー
虹の　お国の　ゆうえんちー

とうちゃくでーす！

つばめの　おてがみ

おはよう！
ぼくは
つばめです。

お空に
おてがみを　かくのが
だいすき　なのです。

ひろーい　ひろーい　お空を
あっちへ　とんだり。
こっちへ　とんだり。

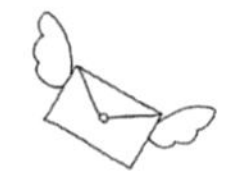

からだを　いっぱい　つかって
こころも　いっぱい　つかって
おおきな　おおきな　字を
かいて　いるの。

あおーい　あおーい　お空の
うつくしい　うつくしい　びんせんにね。

お日さまに　よんで　もらいたくて
海さんにも　山さんにも　よんで　もらいたくて
かいて　いるんだよ。
「こんにちは！
　みなさんが　おげんきで
　とっても　うれしいです。
　ことしも　よろしくね。」　って。

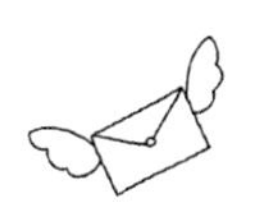

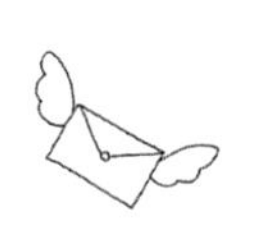

田んぼさんにも　お池さんにも
お花さんや　木さんたち
ちょうちょうさんに　いしころさん。
のらねこさんに　アリさんに
それから　それから
エントツさんや　でんしゃさん。
もちろん、こびとさんたちにも。
だいすきな　だいすきな
せかいじゅうの　みんなに
おてがみを　かいて　いるの。
「こんにちは！
みんなに　また　あえて
とっても　うれしいです。
いっしょに

あそんで　くださいね。」　って。

ぼくね、
ながーい　ながーい　たびを　してきたの。
だから、おはなし　したいことが
たくさん　たくさん　あるのです。
すてきな　おはなしが
いっぱい　いっぱい　あるのです。

それに
ひろーい　ひろーい　お空に
字を　おもいっきり　かいていると
とっても　たのしくって
しあわせな　きもちで　いっぱいに　なるんだ。
生きてるって　すてきだなぁ　って　おもうんだ。

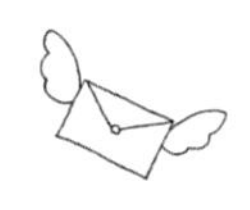

みなさんも
お空を　とんでいる　ぼくを　みつけたら
ぼくの　おてがみを　よんで　くださいね。

たのしい　たのしい　おてがみを
すてきな　すてきな　おてがみを

いっぱい　いっぱい
かいて　いるからね！

すずめの　こども

はじめまして。
ぼくは
すずめの　こどもです。

まいにち　まいにち
あいさつの　れんしゅうを　しています。

あいさつは
とっても　たのしいのよ　って
おかあさんが　おしえて　くれたんだ。
だから　いっしょうけんめい
れんしゅうを　します。

あさは　おはよう　の
れんしゅうを　するんだよ。
いちばん　はじめは
お日さまに
　おはよう！
風さんに
　おはよう！　って
あいさつを　するのです。
にっこり　わらってね。

するとね
お日さまも　風さんも
とっても　うれしそうに
　おはよう！　って
いってくれるの。

おひるは　こんにちは　の
れんしゅうを　します。
おうちの　やねさんにも
　こんにちは！
でんしんばしらさんにも
　こんにちは！
ゆうびんポストさんにも
　こんにちは！　って。
やっぱり　にっこり　わらってね。

そうしたらね
みーんな　にっこり
せかいじゅうも　にっこり
してくれるんだよ。

もう、まわりは　にっこりで　いっぱい！
たのしくって　たのしくって
おかあさんの　いってた　とおりなんだ。

よるは　おやすみなさい　の
れんしゅうを　するの。
お星さまにも
お月さまにも
　おやすみなさい。
きょう　であった　みんなには
こころの　なかで
　おやすみなさい。　って。
こころを　こめて　そおっとね。

するとね

やさしい　きもちに　なってきて
やわらかい　きもちに　なってきて
しあわせな　きもちに　なってきて
眠りの　神さまが
ふんわり　つつんで　くれるのです。

そしてね
うつくしい　夢を　みながら。
みんなに　あいさつ　できる　あしたを
たのしみに　しながら。
ふんわり　ふんわり　眠るのです。

もちろん
にっこり
わらってね。

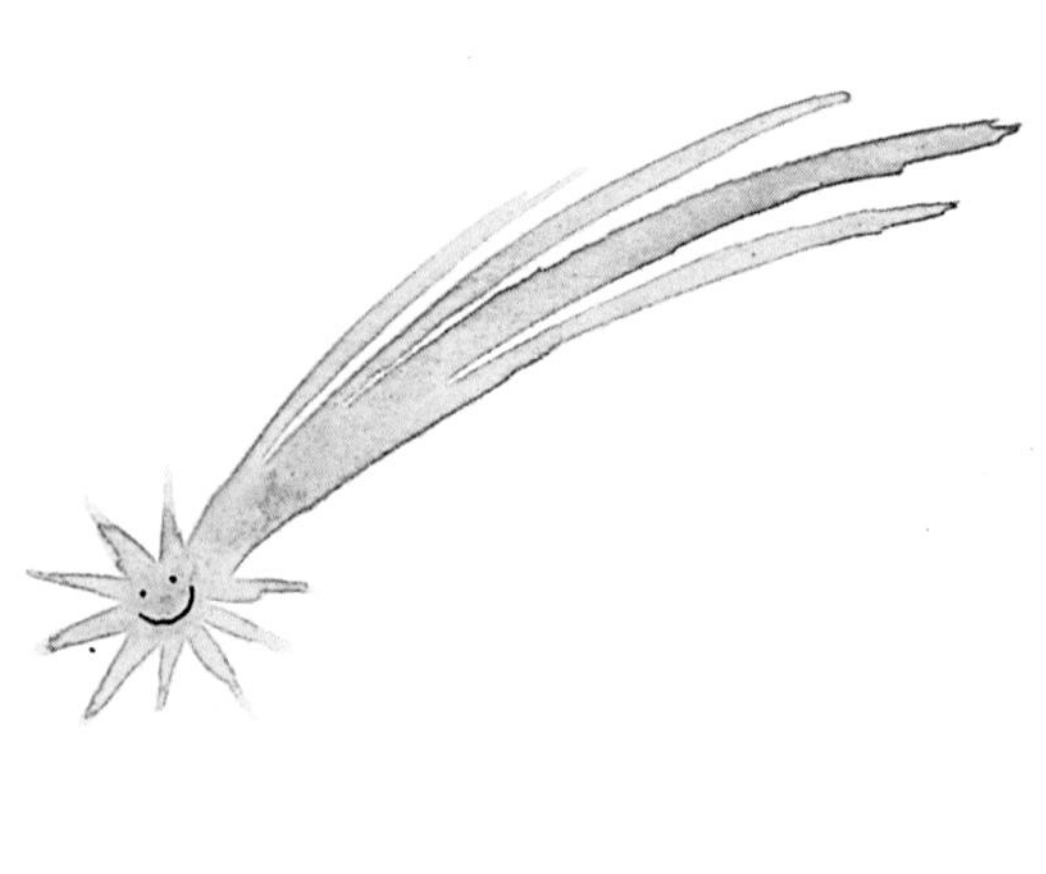

いしころさんの　えんそく

みなさん
こんにちは！

ぼくは
いしころです。

これから　えんそくに　ゆくのです。
おともだちの
アリさんや　かたつむりさん
バッタさんに　こびとさんに　おやゆび姫さん、
いろーんな　ちいさな　みんなと　いっしょにね。

おべんとうも　ちゃーんと　つくったんだ。
ほらね、光で　あんだ　バスケットに　はいってるよ。
ぴっかり　ぴっかり　ひかって　きれいでしょ？
そよ風さんが　あんで　くれたんだ。

ぼくたちを　のせてくれるのは
のらねこさん　なの。
ゆっくり　ゆっくり
やさしく　やさしく
すすんで　くれるから
お花さんたちや　草さんたち、
小鳥さんにも　お空の　雲さんにも
でんしんばしらさんにも
こんにちは！　って
あいさつ　しながら　すすむんだよ。

行きさきは　ちいさな　神さまたちの
うつくしい　うつくしい　お庭です。
そこで、神さまたちと　なわとびを　したり
いっしょに　おべんとうを　たべたり
みんなで　ふんわーり
おひるねを　するのです。

ながれ星さんも　ぼくたちを　のせてくれるんだよ。
ながれ星さんは　とっても　はやいから　たいへん　なのです。
でも、いろーんな　お星さまの　ところや
虹さんの　おうちへも　つれていって　くれるから
すごーく　すごーく　たのしいの。
お月さまへも　いったり、
このあいだなんか
天使さんたちの　ゆうえんちまで
あそびに　いったの。

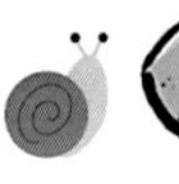

行きさきは　どこなの　って？
天の　神さまの
うつくしい　うつくしい　お花畑だよ。
そこで、お花さんたちと
ダンスを　したり
お祈りを　したり
神さまの　すてきな　すてきな　おはなしを　きいたり。
そして　そして
とーっても　やさしい　きもちで、
しあわせな　きもちで、
おうちに　帰るのです。

どこかで　のらねこさんや　ながれ星さんを　みつけたら
ぼくたち　ちいさな　みんなが　のっているから
よーく、みてね。

みんなで　こんにちは！　って
にこにこ　にっこり
てを　ふってるよ。

そう、
せかいじゅうの
みんなにね！

ベンチさんの　おはなし

こんにちは！
ぼくは
ベンチです。

のんびりと
お空を　ながめたり
雲さんを　ながめたり
おともだちの　木さんたちと
おはなし　するのが
だいすき　なのです。

日ざしさんが　すわりに　くると
こころも　からだも
すごーく　あったかく　なります。

風さんが　すわりに　くると
みてきたことを　たくさん　おはなし　してくれるので
もう　たのしくって　たのしくって。

雨さんはね、とっても　やさしいんだよ。
おうたも　うたって　くれるし、
ぼくや　お花さんや　草さんたちを
きれいに　あらって　くれるんだもの。

のらねこさんが　おひるねを　しにきたら
やさしく　やさしく
子守唄を　うたって　あげるんだ。
するとね、ぼくまで　眠たくなってきて
いっしょに　眠って　しまうのです。
すてきな　すてきな　夢を　みながらね。

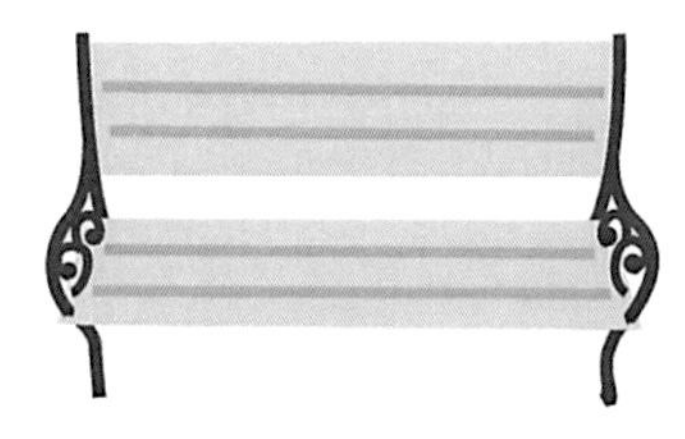

すずめさんたちは　ぼくの　おひざで
ちょんちょん　はねて　あそぶから
くすぐったくって、かわいくって、
わらって　しまいそうに　なるの。

そしてね
いろんな　ひとたちが　すわりに　くると
そのひとたちの　やさしさが
いつまでも　いつまでも
こころに　のこるのです。

ほんとうに　ほんとうに
ぼくは　しあわせです。

それからね　それからね
神さまたちも　すわりに　くるんだよ。

だいすきな　みんなを
ながめて　いるのが　たのしいのです　って
にこにこ　なさって　いました。
すずめさんたちと　あそぶのも
だいすき　なんだって。

みなさん
また、
すわりに　きて　くださいね。
やさしい　やさしい　神さまが
となりに　すわって　いるかも　しれないよ。
すてきでしょ！

では、
おまちしていまーす。

ちょうちょうさんの　ゆうびんやさん

きみにも
はい、
ゆうびんでーす！

こんにちは。
ぼくは
ちょうちょう　です。

春の　神さま　からの　おてがみを
みんなに　おとどけ　しているの。

あっちへ　とんだり
こっちへ　とんだり
とどける　ところが
たくさん　あって

もう　たいへん　なのです。

でも
みんな　とっても　よろこんで　くれるから
うれしくって　うれしくって
おれいに　ありがとうの　ダンスを
おひろめ　するんだよ。

小鳥さんに　おとどけ　したり
お花さんに　おとどけ　したり
おうちの　屋根さん　にも
おにわの　ジョウロさん　にも
それから…
ブランコさんや　じてんしゃさん、
いろーんな　みんなに
せかいじゅうの　みんなに
おとどけ　します。

みんな　とびっきりの　えがおで
むかえて　くれるから
たのしくって　たのしくって
どこへでも　とんで　ゆけるのです。

え、
おてがみには
なんて　かいて　あるの　って？

えーっとね、
春の　お空の　かおりの　する
とっても　やさしい　やさしい　字でね

たった　ひとこと

〝愛〟　って

かいて　あるんだよ。

とんぼの　おはなし

こんにちは！
ぼくは
とんぼです。

ちいさな　みんなを　のせて　とぶのが
だいすき　なのです。

光の　あかちゃんを　のせて　あげたらね、
ぼくが　キラキラッ　って　ひかるんだよ。
すてきでしょ！

風の　あかちゃんを　のせて　あげたら、
すごーく　はやく　とべるんだ。
どこまでも　どこまでも　とべるんだ。
このあいだなんか

お空の　雲さんまで　とべたんだよ。
きもちよかったなぁ。

バッタの　あかちゃんは
海を　みたいって　いうの。
だから、つれてって　あげたのです。
すごーく　よろこんで
せなかで　ぴょこ　ぴょこ　はねるから
くすぐったくって　くすぐったくって。

コオロギの　あかちゃんを
のせて　あげたらね、
おうたの　れんしゅうを　はじめたの。
かわいい　おうたを　ききながら
お空を　とべるなんて
ほんとうに　夢みたい　だった。

いしころさんも　のせて　あげたよ。

いしころさん、きちんと　せいざを　して
のって　くれたんだ。
それに、お空からの　けしきを
たのしそうに　スケッチ　していたよ。
おともだちに　みせて　あげるんだ　って
にこにこ　してた。

こびとさんを　のせて　あげたらね、
かわいい　おはなしを
たくさん　たくさん　してくれたの。
こびとさんの　お国の　おはなしをね。
たのしくって　たのしくって
お空を　くる　くる　って
ちゅうがえり　してしまったんだ。

もっと　もっと
いろんな　ちいさな　みんなを
のせて　あげたいなぁ。

だって、みーんな　よろこんで　くれるんだもの。
しあわせ　って　わらって　くれるんだもの。

あ、
ゆうやけさんだ。

もう
いかなくっちゃ。

ぼく、
あさがおの　タネさんと
おやくそくを　しているの。

ゆうやけさんを　みに
つれてって　あげる
すてきな　すてきな
おやくそくをね！

はずかしがりやさん

あのね、
ぼく
トカゲさんを　みつけたの。

こんにちは！　って
あいさつ　しようと　したらね、
トカゲさん　すぐに　かくれてしまったの。
シッポだけ　みせて　かくれてしまったの。
きっと、トカゲさんは
はずかしがりやさん　なんだね。

お花さんにも　きれいだね　って
にっこり　わらったんだよ。
なのに、お花さん　だまってるの。
なんにも　いわずに　だまってるの。

でも、ぼく　わかるんだ。
お花さんが　うれしいのが　わかるんだ。
だって、ほんわり　ほんわり
いい　においが　したんだもの。
きっと、お花さんも
はずかしがりやさん　なんだね。

すずめさんにも　いったんだよ。
きょうも　いいお天気だね　って。
そうしたら、すずめさんたち
あわてて　どこかへ
とんでいって　しまったの。

メダカさんにも　あいさつ　したよ。
おげんきですか？　って。
するとね、みーんな　びっくりしたみたいに
水草の　かげに　かくれて　しまったのです。

アリさんたちには、いつも　いっしょうけんめいで
えらいなぁ！　すごいなぁ！　って　いったらね。
アリさんたち、ますます　いそがしそうに
いっしょうけんめい、まえ見て　あるいていたよ。

お月さまにも　お星さまにも
コップさんにも　いしころさんにも
いつも　きれいに　ひかって　くれて
ありがとう　って　いったらね。
みんな　だまってたけれど、
ますます　やさしく　やさしく
ひかって　くれたの。

みーんな　みーんな
はずかしがりやさん　なんだね。

かくれたり　するのも
しらんぷり　するのも

だまっちゃうのも
どこかへ　いっちゃうのも
みーんな　みーんな
はずかしい　からだね。

きっと、せかいじゅうには
はずかしがりやさんで　いっぱいだよ。

ぼく
そんな　みんなが　だいすき。
すごーく　すごーく　だいすき。

みーんな　みーんな
だいすきな　だいすきな
たいせつな　たいせつな

ぼくの
おともだちだ！

おかしやさんに　なったらね

ぼくが
おかしやさんに　なったらね。
アリさんたちに　おかしを　あげる。
あまーい　あまーい　おかしを
たくさん　たくさん　あげる。
だって、アリさんたち　いっしょけんめい
おかしを　さがして　いるんだもの。

ぼくが
お花やさんに　なったらね。
いしころさんたちに　お花を　あげる。
かわいい　かわいい　お花を

たくさん　たくさん　あげる。
だって、いしころさんたち
あるいて　お花を　みに　ゆけないんだもの。

ぼくが
くつやさんに　なったらね。
どうぶつさんたちに　ブーツを　あげる。
あったかい　あったかい　ブーツを
たくさん　たくさん　あげる。
だって、どうぶつさんたち
寒いときも　はだし　なんだもの。

ぼくが
ゆうびんやさんに　なったらね。
世界じゅうの　みんなに
まいにち　まいにち　おてがみ　くばる。

ぼくが
いちまい　いちまい　ていねいに　かいて
おてがみ　くばる。
たくさん　たくさん
かく、れんしゅうを　してね。

ゆうびんでーす！　って
みんなの　ところへ。

ありがとう　って　かいた
おてがみを　くばるんだ。

だいすき　って　かいた
おてがみを　くばるんだ。

絵

絵を
かいて　って
ちいさな　お花さんが
こっちを　みてるので
かいて　あげたのです。
いちばん
かわいい　いろの
クレヨンでね。

ちょっと
さみしそう　なので、となりに
お花さんの
おとうさんと
おかあさんを
かきました。
いちばん

やさしい　いろの
クレヨンでね。

もっと
たのしく　してあげたくて
おともだちの　お花さんも
いっぱい　かいたのです。
いちばん
あかるい　いろの
クレヨンでね。

もっと　もっと
たのしく　したくなって
リスさんも　うさぎさんも　すずめさんも
カメさんに　バッタさんに　てんとうむしさんも
あおい　お空も
ふわふわの　まっしろな　雲も
にっこり　わらっている　お日さまも

かきました。
もっている　クレヨン
ぜんぶでね。

絵の　なかの
ちいさな　お花さんは
とっても　うれしそうに
ウフッ　って
わらって　くれました。

するとね、
わたしも
おへやの　なかも
おうちの　なかも
しあわせで　いっぱいに
なったのです。

おうちを　みつけたよ

ぼく
おうちを　みつけたよ。

ちょうちょうさんの　おうちをね。
そよ風さんの　なかに　みつけたよ。
ふんわり　ふんわり　していて
しゃぼん玉さん　みたいな
おうち　だったの。

虹さんの　おうちも　みつけたんだよ。
お花さんの　なかにね。
まあるく　なって
花びらに　つつまれながら

すん　すん　すん　すん
ねむって　いたの。
しあわせそうに　しあわせそうに
すん　すん　すん　すん
ねむって　いたの。

きっと、
あおーい　お空の
夢を　みていたんだね。
うつくしい　なないろの
夢を　みていたんだね。

光さんの　おうちも　みつけたんだよ。
まぶしい　くらい
まっしろな　雲さんの　なかにね。
光さんたち　うれしそうに
とおく　ながめたり

風の　お手玉で　あそんでた。

しあわせさんの　おうちも　みつけたの。
おともだちの
いしころさんの　キラキラ　えがおの　なかに。
こびとさんの　プチプチ　えがおの　なかに。
いろーんな　みんなの　えがおの　なかにね。

しあわせさんも　みんなと　いっしょに
わらって　いたよ。
たのしそうに　たのしそうに
わらって　いたよ。
おやつも　たべてた　みたい。
だって
あまーい　においも　してきたんだもの。

それからね　それからね。
神さまたちの　おうちも　みつけたの。
ありさんや　みつばちさん
小鳥さんの　ひとみの　なかに。
いぬさん　ねこさん　カバさんに　キリンさん
しろくまさんに　ペンギンさん。

そして
そして

きみの　ひとみの　なかに。
みんなの　ひとみの　なかに。
せかいじゅうの　いろーんな　みんなの
ひとみの　なかにね。

だって

神さまたちが　ほほえんで　いるのが
みえたんだもの。
やさしく　やさしく　ほほえんで　いるのが
みえたんだもの。

あのね
ぼく、
おうちを　みつけたよ。

すてきな　すてきな　おうちを
たくさん　たくさん　みつけたよ。

おかあさんが　わらったらね

おかあさんが
わらったらね、
お花さんが　咲くの。

いっぱい　いっぱい　咲くの。

ぼくの　こころの　なかの
はしっこの　はしっこまで
いっぱい　いっぱい　咲くの。

おへやの　なかにも　咲くんだよ。
きれいな　きれいな
なないろの　お花さんが

おへやじゅうに
あふれる　くらい　咲くんだよ。

お空にも　咲くよ。
おおきな　おおきな　お花さんが
あおーい　お空の
はしっこから　はしっこまで　咲くよ。

とおくの　お山にも
咲いていると　おもうんだ。
お山の　てっぺんの　てっぺんまで
いっぱい　いっぱい
咲いていると　おもうんだ。
うさぎさんや　リスさん
こぐまさんや　こぎつねさんの　そばで
にこにこ　にっこり
咲いていると　おもうんだ。

だって、風さんに　お花さんの
あまーい　あまーい
においが　するんだもの。

きっと
お月さまに　だって
お星さまに　だって
咲いているよ。
なないろに　光った
宝石　みたいな　お花さんがね。

こびとさんの　おにわの　なかにも
いしころさんの　おひざの　そばにも
咲いているよ。
ちいさくって　かわいい　かわいい
お花さんが　咲いているよ。

ねこさんたちの　しっぽの　さきにも
いぬさんたちの　しっぽの　さきにも
きりんさんや　かばさん
ラクダさんに　ライオンさんの
しっぽの　さきにだって　咲いているよ。

だって
ぼく、
わかるもん。

みんなが
うれしそうに　しているのが
わかるもん。

せかいじゅうに
お花さんが　咲くよ。

せかいじゅうが
うつくしい　うつくしい　お花さんで
いっぱいに　いっぱいに　なるよ。
お花さんの　いい　においで
いっぱいに　いっぱいに　なるよ。

おかあさんが
わらったら。

おかあさんが
おかあさんが
わらったらね。

おとうさん

おとうさんが
かえって　きたら
うれしくて　うれしくて
ぼくも　おうちも　ピカッと　ひかって
すこーし　おおきく　なる。

おにわの　お花さんたちも
ニッコリ　ゆれて　おでむかえ。
こねこの　ルルも
こいぬの　ジョンも
りょうてを　そろえて
おでむかえ　するの。

おやねの　すずめさんたちも
おかえりなさい　の　おうたを　うたって
おでむかえ　してくれるんだよ。

テーブルさんも　いすさんも
どうぞ　どうぞ　おすわり　くださいって　にこにこ　してるし、
コップさんも　おさらさんも
ワクワク　しながら　まだかな　まだかな　って
でばんを　まっていて、
フライパンさんも　おなべさんも
ぬいぐるみたちと　いっしょに
ウキウキと　ダンスを　はじめるの。

それに
おとうさんと　おはなし　してるとね、
宇宙船に　のって　どこまでも　どこまでも
たびを　している　みたいなんだ。

おおきな　おふねに　のって
クジラさんと　おっかけっこを　したり、
アフリカで　カバさんや　キリンさんや
ゾウさんとも　ライオンさんとも
あそんでいる　みたいなんだ。

きっと、おとうさんの　なか　って
とーっても　ひろくって
とーっても　おおきくって
みーんな　なかよし　なんだね。

だって
宇宙人さんたちも　たくさん　すんでいて
きょうりゅうさんたちも　たくさん　すんでいて
みんなで　なかよく　あそんで　いるんだもの。

もしかしたら、
おとうさん　って
タイムマシンの　せんちょうさん
なのかも　しれないね。

ぼくたち　みーんな
おとうさんが　だいすき。
おとうさんも　みんなが　だーいすき。
きっと、せかいじゅうの　みんなも
おとうさんを　だいすき　だよ。

だって、お空も　町も
でんしんばしらさんも　ゆうびんポストさんも
すごーく　すごーく　うれしそう　なんだもの。

おとうさんが
かえってくる。

おとうさんが
かえってくる。
もうすぐ
もうすぐ
もちろん
タイムマシンに　のって、だよ！

てを　つないだら

おかあさんと
てを　つないだらね
ぼくの　こころに
きれいな　虹が　かかるよ。

おとうさんと
てを　つないだらね
ぼくの　こころに
おおきな　海が　ひろがるんだ。

こねこさんと
てを　つないだら

ぼくの　こころが
お菓子　みたいに　あまーく　なって。

こいぬさんと
てを　つないだら
ぼくの　こころに
春の　野原の　においが　するの。

それから　それから…
ぬいぐるみさんと
てを　つないだら
ぼくの　こころが
マシュマロ　みたいに　ふわふわに　なって。

おともだちと
てを　つないだら

ぼくの　こころに
まっ青な　お空が　ひろがって。

お星さまと
てを　つないだらね
ぼくの　こころが　どこまでも　どこまでも
すきとおって　ゆくんだよ。

そしてね、
神さまと
てを　つないだらね
ぼくの　こころが
あったかさで　いっぱいに　なって
やさしさで　いっぱいに　なって

もっと　もっと

みんなと　てを　つなぎたく　なるのです。
もっと　もっと
みんなを　だいすきに　なるのです。
もっと　もっと
みんなを　たいせつに　したく　なるのです。
みんなと　てを　つなぐだけで
こんなに　しあわせな　きもちに　なるなんて。
てを　つなぐ　って
ふしぎだね。
てを　つなぐ　って
すてきだね。

ほっぺを　みつけたよ

ぼく
ほっぺを　みつけたよ。

コップさんの　ほっぺをね。
ほら、このへん。
コップさんが　わらったら
ぴっかり　ひかった　ところだよ。

おさらさんの　ほっぺも　やっぱり、
ぴっかり　ひかった　ところなんだ。
お日さまいろに

ぴっかり　ひかった　ところなんだ。

お山さんの　ほっぺも　みつけたよ。
お山さんが　くすぐったそうに　わらったら
ちょっぴり　ふくらんだもの。

お空の　ほっぺも　みつけたの。
お空が　きもちよさそうに　わらったら
ふっくら　雲さんが
ふっくり　うまれた　ところだよ。

ゆうびんポストさんの　ほっぺも
みつけちゃったんだ。
ゆうびんやさんが　きたらね

きょうも　よろしくね　って
にっこり　わらってたの。
そうしたら
まんなかの　よこのところが
すこーし　ふくらんだもの。

それから　それから
お花さんの　ほっぺはね
お日さまの　ひかりが
おひるね　している　ところで、
木さんの　ほっぺはね
風さんが　おひるね　している　ところ。
くすぐったい　って　わらって　しまうから
すぐに　わかるんだ。

いしころさんの　ほっぺはね
わらうと　えくぼの　あるところだよ　って
おともだちの　こびとさんに
おしえて　もらったのです。
だから　ぼく
いしころさんに　だいすきだよ！　って
いったの。
そうしたら　みえたんだ
ちっちゃな　ちっちゃな
宝石　みたいな　えくぼがね。

みんな　みんな
ほっぺを　もってるよ。

かわいい　かわいい
ほっぺを　もってるよ。

だって
みーんな　にっこり
わらいたいんだもの。

うれしいな　って
たのしいな　って
わらいたいんだもの。

しあわせだな　って
ありがとう　だいすきだよ！　って
わらいたいんだもの。

ゆうびんやさん

ゆうびんやさん　って
風の　こども　かな？
どこからともなく
やってくるんだもの。
やさしい　風みたいに
やってくるんだもの。

ゆうびんやさん　って
お日さまの　こども　かな？
そばによると
ほわっと　あったかいんだもの。

ひざし　みたいに
ほわっと　あったかいんだもの。

ゆうびんやさん　って
虹の　こども　なのかしら?
だって、みんなの　こころの
かけ橋　だもの。
すてきな　すてきな
かけ橋　だもの。

ぼく
おにわの　こびとさんに
きいてみたのです。
そうしたらね
天の　お国の　音楽隊です　って

おしえて　くれたの。

おともだちの　いしころさんに
きいてみたらね。
文字の　お国の　王子さまでしょ　って
にっこり　してた。

なかよしの　のらねこさんにも
きいてみたんだよ。
するとね
わたしの　だいじな　だいじな
おともだちよ　って　いってたの。

それにね
ゆうびんやさんが　くると

おうちも　おにわの　お花さんたちも
おやねの　すずめさんたちも
とーっても　うれしそうなんだ。
ぼくだって
ワクワク　ワクワク　しちゃうの。

ゆうびんやさん　って…

ゆうびんやさん　って…

あ、わかった！
きっと、
もと、
天使　だったんだね！

かわいいなぁ　って　いったらね

かわいいなぁ　って
お花さんに　いったらね。
お花さんが　また　ひとつ　咲いたの。

かわいいなぁ　って　いうたびに
お花さんが　たくさん　たくさん　咲いたの。

きっと
かわいいなぁ　って
なんども　なんども　いったら
せかいじゅうが
お花さんで　いっぱいに　なるんだね。

きれいだなぁ　って
いしころさんに　いったらね。
いしころさんが
キラン　キラン　って　わらったよ。

きれいだなぁ　って　いうたびに
キラン　キラン　って
お星さま　みたいに　わらったよ。

きっと
きれいだなぁ　って
いくつも　いくつも　いったら
せかいじゅうが
いしころさんの　キラン　キラン　で
いっぱいに　なるんだね。

うつくしいなぁ　って

お空に　いったらね。
うつくしい　おうたを
うたって　くれたんだ。

うつくしいなぁ　って　いうたびに
うつくしい　うつくしい
天の　おうたを　たくさん　たくさん
うたって　くれたんだ。

きっと
うつくしいなぁ　って
かぞえられない　くらいに　いったら
せかいじゅうが
うつくしい　うつくしい
天の　おうたで
いっぱいに　なるんだね。

それからね
それからね

みんなに、
この　せかいに、
だーいすき　って　いったらね。
だーいすき　って
たくさん　たくさん　いったらね。

ぼくが　ピカッと　ひかったの。
ぼくが　きれいな　きれいな
ひかりに　なったの。
ひかりに　なって
せかいじゅうに　ひろがって　いったんだ。
どこまでも　どこまでも
ひろがって　いったんだ。

きっと
せかいじゅうの　みんなが
だーいすき　って　いったら。
だーいすき　って
たくさん　たくさん　いったら。
この　せかいは　ひかりで
いっぱいに　なるんだね。

あふれる　くらいに
まぶしい　くらいに
ひかりで
いっぱいに　いっぱいに
なるんだね。

みどり　って　いいなぁ

みどり　って
いいなぁ。
みている　だけで
げんきに　なるんだもの。
あかるい　きもちに　なるんだもの。
とっても　すなおな　きもちに　なるんだもの。

みどり　って
すごいなぁ。
そばにいる　だけで
すごーく　すごーく
しあわせな　きもちに　なって

えがおが　あふれて　くるんだもの。
それに、お花さんも　いっぱい　いっぱい
咲かせちゃうんだよ。

みどり　って
やさしいなぁ。
虫さんたちの　ごはんに　なってる。
どうぶつさんたちの　ごはんに　なってる。
どうぞ　めしあがれ　って
いつも　いつも　うれしそうに
にこにこ　してる。
みんなの　やわらかな　おふとんにも
あったかい　おうちにも
たのしい　たのしい　ゆうえんちにも　なってる。

お日さま　だって

みどりが　だいすき。
風さん　だって
雨さん　だって
みどりが　だいすき。

天使さんたちも
神さまたちも
みどりが　だーいすき。

みどり
みどり

みーんな
みどりが　だいすきだ。

きっと、みどり　って

しあわせで　いっぱい　なんだね。
愛で　いっぱい　なんだね。
あふれる　くらいに　いっぱい　なんだね。

みどり　みどり
やさしい　みどり。

みどり　みどり
きれいな　みどり。

うつくしい　うつくしい
いのちの　みどり。

ぼく、
おおきく　なったら
みどりに　なりたい。

ひまわりさん

あのね、
ぼく
ひまわりさんと
にらめっこ　したの。

そうしたら
おあいこ　だったんだ。

だって
ひまわりさん、すぐに　わらっちゃうんだもの。
ぼくも　すぐに　わらっちゃったんだもの。
たのしくって
うれしくって

くすぐったくて
いっしょに　ずーっと　わらってたの。
風さんも　お空の　雲さんも　わらってたよ。
たのしそうに
うれしそうに
くすぐったそうに
わらってたよ。

きっと
せかいじゅうの　みんなも
わらっていたと　おもうんだ。
だって、ぼくの　なかが　くすぐったさで
いっぱいに　なったんだもの。

おはなしも　したよ。
いろーんな　おはなしをね。

どんな　おはなしを　しても
ひまわりさん、にっこり　わらうの。
すごーく　たのしそうに　にっこり　わらうの。

よかったね　って
すてきだね　って
やさしく　やさしく
わらって　くれるの。

だから
ぼくも　にこにこ　にっこり
わらって　しまったんだ。
だって、ひまわりさんの　にっこりの　おかおを
みているだけで
たのしく　なるんだもの。
うれしく　なるんだもの。

それにね
ひまわりさんの　おそばに　いると
げんきが　でてくるんだよ。
いっぱい　いっぱい　でてくるんだよ。
ぼくの　おかおが　ぱーっと
かがやく　ほどにね。
ひまわりさん　みたいに　ぱーっと
かがやく　ほどにね。

まわりも　かがやいて　いたよ。
まぶしい　くらいに
ぱーっと　ぱーっと
かがやいて　いたよ。

きっと、
ぼくも
みんなも

このせかいも
ひまわりさんに　なっちゃったんだね。

ひまわりさん　って　やさしいね。
ひまわりさん　って　たのしいね。

もしかしたら
ひまわりさん　って
えがおの　神さまかも　しれないね。

とーっても　やさしくって
たのしい　たのしい
えがおの　神さまかも　しれないね。

あさがおさん

あさがおさん　って
スカート　みたい。

きれいな　きれいな
スカート　みたい。

もしかしたら
りすさんや　うさぎさんや
小鳥さんの　おじょうさまたちの
スカートやさん、なのかしら。

虹の　おくにの　お姫さまたちや

こだまの　おくにの　花嫁さんたちの
スカートやさん、なのかしら。

だって
あんなに　きれいな　スカートが
たくさん　たくさん　あるんだもの。

わたしも　はいて　みたいな
あさがおさんの　スカート。
はいて、ふんわり　ふんわり
ダンスを　するのよ。

あさがおさんの　スカートを　はいた
りすさんや　うさぎさんや　小鳥さん、

カバさんに　キリンさんに
しろくまさんと　みみずさんと　バッタさんと
ゆうびんポストさんに　エントツさん。

そして　そして

いしころさんに　こびとさん、でんしんばしらさんに…
夢の　おくにの　お姫さまたちや　花嫁さんたち。

もっと　もっと　たーくさんの
いろんな　みんなと　ダンスを　するのよ。

あおーい　あおーい
お空の　うえで
うつくしい　うつくしい
お祈りの　ダンスをね。

みんなが　しあわせで　ありますように　って。
この世界が　しあわせで　ありますように　って。

ふわっ　ふわっ　と
ステップを　ふんだり。

くるっ　くるっ　って
まわったり。

ときどき　にっこり
おじぎも　するの。

そうしたら
あさがおさんの　きれいな　においで
まわりが　いっぱいに　なるだろうなぁ。

世界じゅうが　あさがおさんの
きれいな　きれいな　においで
いっぱいに　いっぱいに　なるだろうなぁ。

きっと
神さまたちも　いっしょに
ダンスを　してくれるよ。
うつくしい　うつくしい
お祈りの　ダンスを　してくれるよ。

もちろん
あさがおさんの
きれいな　きれいな　スカートを
ふんわーり　ふんわーり
はいてね！

かきごおりさん

かきごおりさんを
たべていたらね。

きれいな　おんがくが　きこえるの。
きれいな　きれいな　うすみずいろの　おんがくが
ぼくの　なかで　きこえるの。

きっと
雪の　おくにの　こびとさんたちが
おんがく　しているんだね。
雪の　ピアノで
　キラ　コロ　ロン。

やさしく　やさしく
　コロ　コロ　リン。

あ、
雪の　ピッコロの　おとも　きこえるよ。
もしかしたら
お星さまの　こどもたちや
お月さまの　こどもたちが
ふいて　いるのかしら。
　キラ　コロ　コロ　ロン
　コロ　コロ　リン　って
ふいて　いるのかしら。

きっと、みんなで
お祈りの　おんがくを　しているんだね。
きれいな　きれいな　お祈りの　おんがくを

しているんだね。

だって
ぼくの　こころの　なかも　からだの　なかも
すきとおって　ゆくんだもの。
うすみずいろに　どこまでも　どこまでも
すきとおって　ゆくんだもの。

ちいさな　ペンギンさんたちも　あそびだすよ。
ぼくの　なかで　あそびだすよ。
雪の　おてだまで
　キラ　コロ　ロン。
空まで　あがれ
　コロ　コロ　リン。

あれ？

ちっちゃな　しろくまさんも
アザラシさんも　あそんでる。
雪の　ボールで　あそんでる。
いしころさんの　ほっぺに　とどけ
　キラ　コロ　ロン。
くじらさんの　おでこに　とどけ
　コロ　コロ　リン。

ぼくも　いっしょに　あそんだよ。
キラ　コロ　コロ　ロン　かくれんぼ
コロ　コロ　キラ　リン　にらめっこ。

もう、たのしくって　たのしくって
ぼくの　なかも　まわりも　このせかいも
きよらかな　しあわせさん　で　いっぱい！
きよらかな　よろこびさん　で　いっぱい！

だって
うつくしい　うつくしい　雪の　神さまも
あそんで　いたんだもの。
みんなと　いっしょに　にこにこ　にっこり
あそんで　いたんだもの。

キラ　コロ　コロ　ロン
コロ　コロ　リン

とーっても　きれいな　きれいな
雪の　糸で
あやとりを　してね！

まなつの　まひるの　まんなかで

まなつの
まひるの
まんなかで。

ぼく

ぽつん　と

たっていたの。

ぽつん　と

ぽつん　と

たっていたの。

お日さまの　きよらかな　光に　みがかれながら。
からだの　すみずみまで
こころの　すみずみまで
きれいに　きれいに　みがかれながら。
にこにこ　にっこり　たっていたの。

そうしたらね
ぼくが　かがやき　だしたんだ。
こころの　そこから
まぶしい　くらいに　かがやき　だしたんだ。

風さんたちの　かけっこも
せみさんたちの　おうたも
ちょうちょうさんたちの　ダンス　だって
いしころさんと　こびとさんの　みずあそび　だって
まぶしい　くらいに　かがやいて　いたよ。

なにもかも
まぶしい　くらいに　かがやいて　いたよ。

天の　お国に
いる　みたいにね。

もう、

うれしくて　まぶしくて。
なにもかも　なにもかも
うれしくて　まぶしくて。

ぼくは
きれいな　よろこびに
なっていたのです。
うつくしい　うつくしい　よろこびに
きよらなか　きよらかな　よろこびに
なっていたのです。

きっと、
ぼくも
みんなも
このせかいも

光の　神さまの
おむねの　なかに　いるんだね。

うつくしい　うつくしい
光の　神さまの
おむねの　なかに　いるんだね。

ぼくは
あまりの　しあわせに
あまりの　あまりの　しあわせに

きれいな

ぽつん　に

なりました。

うれしい

まぶしい

うれしい

まぶしい

ひかり　かがやく

きれいな　きれいな

ぽつん　に

なりました。

まなつの
まひるの
まんなかで。

まなつの
まひるの
まっ青な
お空の　まんなかで。

光の　神さまに
やさしく
やさしく
つつまれながらね。

風鈴さんと　おるすばんを　していたらね

風鈴さんと
おるすばんを　していたらね。

お山の　神さまが　　いらっしゃったの。
風の　おふねに　のって
ふんわり　ふんわり　いらっしゃったの。

だって
風鈴さんが
カラ　カラ　コロ　リン　って
そおっと、おしえて　くれたんだもの。
お山の　神さまが
いらっしゃいましたよ　って。

そうしたらね
おうちの　なかが
お山の　きれいな　きれいな　くうきで
いっぱいに　なったんだ。
きっと
お山の　こりすさんたちの　きれいな　おうたや
こうさぎさんたちの　きれいな　おしゃべりも　いっしょに
のって　きたんだね。

海の　神さまも
きて　くださったよ。
つぶやくような　かわいい　かわいい
貝さんたちの　おうたも
ささやくような　やさしい　やさしい
サンゴさんたちの　おしゃべりも　いっしょに
つれてきて　くださったよ。

するとね

おうちの　なかも
ぼくの　こころの　なかも
あおーい　あおーい　海に　なったんだ。
どこまでも　どこまでも　すきとおった
あおーい　あおーい　海に　なったんだ。

虹の　神さまも
いらっしゃった　みたい。
だって
まわりも　この　世界も
うつくしい　うつくしい
なないろの　ひかりで
いっぱいに　なったんだもの。

おにわの　こびとさんたちも　いしころさんたちも
虹の　神さまと　おはなしを　していたよ。
うつくしい　うつくしい　なないろの　えがおでね。

もう、うれしくって　うれしくって
ぼくの　こころの　なかも　からだの　なかも
きれいな　なないろに　なったのです。
まぶしい　くらい
きれいな　きれいな　なないろに　なったのです。

あのね、
風鈴さんと
おるすばんを　していたらね。

いろーんな　神さまたちが
いらっしゃったの。

風の　おふねに　のって
そおっと　そおっと
いらっしゃったの。

コスモスさん

おかあさん
おかあさん。

あのね、

きょう

コスモスさんを
みつけたよ。

かぜに

ふうわり
ふうわり

ゆれて
とっても
きれい
だったの。
おはなしも
したよ。
きれいな
きれいな
おはなしも
したよ。
おこえも

すごーく
すごーく
きれい
だったの。
おそらへ
のぼって
いって
しまうほど
すきとおった
きれいな
きれいな

おこえ
だったの。

それに

とても
とても

きれいな
においが

したんだよ。

おそらの
おくにの

いずみ
みたいな
あまくて
きれいな
きれいな
においが
したんだよ。
それからね
それからね。
そおっと
さわったらね。

すごーく
やわらかくって
おかあさんの
ほっぺ
みたい
だったんだ。
やさしい
やさしい
おかあさんの、
にっこり
わらった

おかあさんの、
ほっぺ
みたい
だったんだ。
そうしたらね。
ぼく
わかったの。
おかあさん
って
おかあさん

って
ほんとうは
コスモスさん
なんだ

って。

やさしい
やさしい
きれいな
きれいな
コスモスさん
なんだ

って。
ぼく
わかったの。

夕焼けの　みち

夕焼けの　みちを
あるいていたら。

みかんの　お国に
いるみたい。

みかんの　においも
してきたよ。

夕焼けの　みちを
あるいていたら。

みんなが　王子さまや　王女さまに
みえたんだ。
きっと、みんな
みかんの　お国の　やさしい　やさしい
王子さま　王女さま　なんだね。

おうちも　お城に　なってたよ。
みかんの　お国の
かわいい　かわいい　お城にね。

そしてね、
みんなを
なつかしく　おもえたの。
たいせつに　おもえたの。

エントツさんは
ぼくの　おにいさんで
ゆうびんポストさんは
ぼくの　おじさん。
ベンチさんは
ぼくの　おねえさんに　おもえたの。
みーんな　家族に　おもえたのです。

きっと
みかんの　お国では
みんな　みんな　家族　なんだね。
すてきな　すてきな　家族　なんだね。

みちばたでは
いしころさんと　こびとさんが

おはなし　していたよ。
きれいな　ことばで
おはなし　していたよ。
あまずっぱくて　あかるい　あかるい
みかんの　お国の　ことばでね。

夕焼けの　みちを
あるいていたら。

みかんの　お国に
いるみたい。

みかんの　においも
してきたよ。

さくらの　おち葉の　おはなし

こんにちは！
ぼくは
さくらの　おち葉です。

ぼく
とっても　しあわせなの。
ほんとうに　しあわせなの。

だって　春にはね、
ぼくと　いっしょに　たーくさんの　みんなが
写真を　とって　くれたんだよ。
ぼくも　うれしく　なって　にこにこ　にっこり
いっしょに　写真を　とって　もらったの。
たのしかったなぁ。

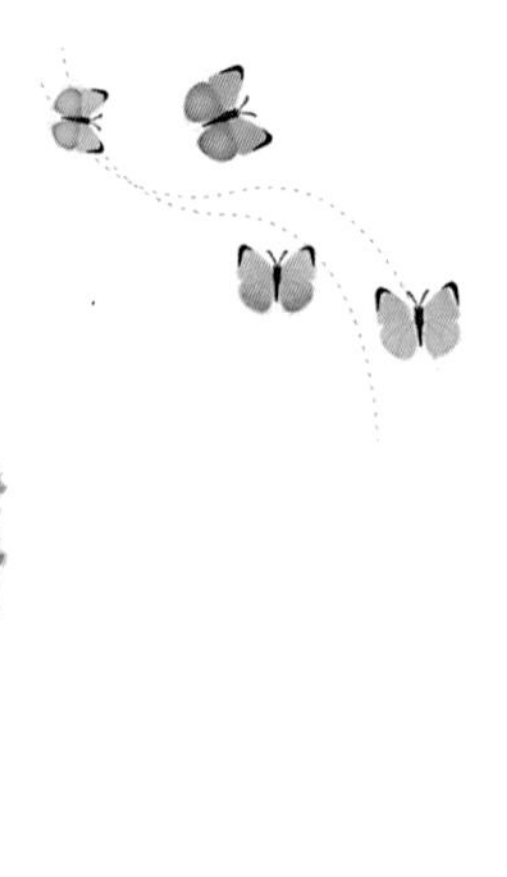

それにね
ちょうちょうさんや　みつばちさんたち
小鳥さんたちも　そよ風さんの　あかちゃんも
光さんの　あかちゃんだって
天使さんの　あかちゃんだって
ぼくの　お花の　みつが　だいすき　なんだ。
だから、ぼくは　みんなの
すてきな　すてきな　お菓子屋さんに　なれたのです。
うれしかったなぁ。

夏にはね、
のらねこさんたちや　おさんぽの　いぬさんたち、
いしころさんたちに　こびとさんたち。
いろんな　みんなの
ほっと　できる　ところに　なれて
すごーく　すごーく　しあわせ　だったの。
だって、みーんな　ぼくの　日かげで

あそんだり、おはなしを　したり、おひるねを　したり、
ほんとうに　しあわせそう　だったんだもの。

虫さんたちも　ちゃーんと
おてがみを　かいて　くれたんだよ。
ほら　みて、
ぼくに　ちいさな　穴が
あいているでしょ？
これ、虫さんたちからの
ありがとうの　おてがみ　なの。
ぼくの　かわいい　かわいい
たいせつな　たいせつな　おてがみ　なの。
すてきでしょ！

そして　そして
秋に　なると
こんなに　きれいな　いろに　なるんだよ。
こんなに　うつくしい　いろに　なるんだよ。

きっと、みんなから　もらった
うれしい　きもちや
たのしい　きもちが
いくつも　いくつも　かさなって
こんなに　きれいな　いろに　なれたんだね。
こんなに　うつくしい　いろに　なれたんだね。

あぁ、
なんて　ぼくは
しあわせ　なのでしょう！

うまれてきて
よかったなぁ。
ほんとうに　ほんとうに
よかったなぁ。

うれしくて　うれしくて

うれしくて　うれしくて
光さんは　かがやいて　いるんだね。
神さまから　いただいた
すきとおった　こころが　うれしくて。

うれしくて　うれしくて
雲さんは　うかんで　いるんだね。
神さまから　いただいた
かろやかな　こころが　うれしくて。

うれしくて　うれしくて
小鳥さんは　うたって　いるんだね。
神さまから　いただいた
きよらかな　こころが　うれしくて。

うれしくて　うれしくて
こいぬさんも　こねこさんも
うさぎさんも　りすさんも
クマさんだって　ペンギンさんだって　こびとさんたちだって
にこにこ　にっこり　あそんで　いるんだね。
神さまから　いただいた
すなおな　こころが　うれしくて。

海さんが　ゆったり　波うって　いるのも。
お空が　あおーく　澄みわたって　いるのも。
神さまから　いただいた
おおきな　おおきな　こころが　うれしくて。

そして　そして
いしころさんが　しずかに　しているのは、
神さまから　いただいた
おだやかな　こころが　うれしくて。

うれしくて　うれしくて
みーんな　うまれて　きたんだね。
神さまから　いただいた
きれいな　きれいな　こころが　うれしくて。

うれしくて　うれしくて
神さまたちは　いらっしゃるんだね。
うれしそうな　みんなを
ごらんになるのが　うれしくて。

ただ

うれしくて　うれしくて。

ほんとうに
ほんとうに

うれしくて　うれしくて。

神さまを　みつけたよ

ぼく
神さまを　みつけたよ。

夜あけまえの　おやねの　うえでね。
神さまは　小鳥さん　だったの。
しずかに　とおくを　ながめて　いらっしゃったよ。
きよらかな　おかおで　ながめて　いらっしゃったよ。
きっと、お日さまを　おむかえ　してくれて　いたんだね。

みちばたの　はしっこでも　神さまを　みつけたんだ。
とーっても　ちいさな　お花さん　だったの。
やさしい　おかおで

まわりを　この世界を　ながめながら、
きよらかな　おこえで　お祈りも　されていたの。
みんなが　しあわせで　ありますように　って。
この世界が　しあわせで　ありますように　って。
きれいな　ひかりに　つつまれながら、
お祈りも　されていたの。

ゆうぐれの　小みちでも　みつけたんだ。
でんしんばしらさんが　神さま　だったの。
ほんとだよ。
まっすぐな　うつくしい　うつくしい　おすがたで
夕焼けさんと　おはなしを　していたんだもの。
うっとり　するほど
うつくしい　おはなしを　していたんだもの。

おうちでも　みつけたんだよ。
コップさんが　神さま　だったの。
きらきらの　すきとおった　こころで
おへやを　この世界を　照らして　くださってた。

お庭で　みつけた　神さまはね、
ホウキさん　だったの。
おだやかに　ものを　おもって　いらしたよ。
とても　とても　あったかい　おかおでね。
きっと、
アリさんたちや　いしころさんたちや　こびとさんたち、
いろーんな　ちいさな　みんなの　しあわせを
ねがって　いらっしゃったと、おもうんだ。
だって、ホウキさんを　みているだけで
あったかーい　きもちに　なったんだもの。

あのね、
ぼく
神さまを　みつけたよ。
いっぱい　いっぱい　みつけたよ。

きっと、この世界は
やさしい　神さまで　いっぱい　なんだね。
あふれる　くらいに　いっぱい　なんだね。

あ、
きみも…
神さまなの？
やさしい　やさしい
神さまなの？

ここは　どこ？

ここは　どこ？　って
小鳥さんに　きいたらね。

おうたの　お国よ　って
おしえて　くれたの。
うつくしい　うつくしい
おうたを　うたって
おしえて　くれたの。

うさぎさんにも　きいたよ。
そうしたらね
ぴょんぴょんの　お国だよ。
いつも　いつも　たのしくて　たのしくて
ぴょんぴょん　したくなるんだもの　って
とーっても　うれしそうに
ぴょん　ぴょん　ぴょん　と　はねて

おしえて　くれたよ。

キラキラの　お国です　と
キラキラの　おこえで　そおっと
はずかしそうに　つぶやいたのは　めだかさん。
きっと、お水の　なかは　あっちも　こっちも
キラキラ　している　からだね。

いぬさんにも　きいてみたんだ。
するとね
お菓子の　お国でしょ？
だって、あっちも　こっちも
お菓子の　すてきな　すてきな　においで
いっぱいだもの　って
しっぽを　ぴこぴこ　ふりながら
すごーく　すごーく　しあわせそう　だった。

おまつりの　お国だよ　って

ぴっかぴかの　えがおで
おしえて　くれたのは　こびとさん　なの。
どうやら
まいにち　まいにち　いしころさんと
おまつりを　している　みたいなんだ。

ゆうびんポストさんに　きいてみたらね。
うつくしい　うつくしい
ことばの　お国です。
あったかい　あったかい
ことばの　お国です　って
にこにこ　にっこり　おしえて　くれたの。

お祈りの　お国です　と
おしえて　くれたのは　街路灯さん　なんだ。
きよらかな　おかおで
しずかに　しずかに　お祈りを　しながら
おしえて　くれたよ。

それからね　それからね。
お空に　きいてみたらね。

ここは　やさしい　やさしい
神さまたちの　お国　なのです。

この世界の　いろーんな　みんなが
やさしい　やさしい
神さまたち　なのです　と
おしえて　くれたの。

すきとおった
まっ青に　かがやく

うつくしい　うつくしい
えがおでね。

また　きてね

風さん　風さん
また　きてね。
地球を　ぐるっと　まわったら
おはなしを　いっぱい　もって
また　きてね。
すてきな　すてきな　おはなしを
いっぱい　もって
また　きてね。

波さん　波さん
また　きてね。
うみがめさんや　くじらさん、
サンゴさんや　人魚さんと
たくさん　たくさん　あそんだら
みんなを　つれて　また　きてね。

波の　おうたを　うたいながら
また　きてね。

雲さん　雲さん
また　きてね。
とおくの　お山の　やまびこさんと
たくさん　たくさん　眠ったら
うつくしい　うつくしい　夢さんたちと
ふんわり　ふわふわ
また　きてね。

つばめさん　つばめさん
また　きてね。
南の　お国へ　かえったら
おともだちを　たくさん　つくって
なかよく　いっしょに　また　きてね。
すずめさんと　まっているから
また　きてね。

ちょうちょうさんも　ミツバチさんも
バッタさんも　かたつむりさんも
また　きてね。
春に　なったら　また　きてね。
お花さんたちや　草さんたち、
いしころさんたちや　こびとさんたちと
やさしく　やさしく　まっているから
げんきに　げんきに
また　きてね。

のらねこさんも　しゃぼん玉さんも
おてがみさんも　おはがきさんも
お日さまに　お月さまに　お星さまたちも
たのしく　たのしく　また　きてね。
こんにちは！　って
また　きてね。

みーんな　みーんな
また　きてね。
ぼくの　ところへ
みんなの　ところへ
また　きてね。

おへやも　おにわも　どこもかも
きれいに　おそうじを　して
きれいに　おかおも　あらって
きれいに　おてても　あらって
きれいな　こころで　まっているから。

にこにこ　にっこり
まっているから。

また　きてね。

また　きてね。

ウキウキ　でんしゃさん

二〇二一年一二月二五日　発行

著　者　スフレ

発行者　知念　明子

発行所　七　月　堂

〒一五六―〇〇四三　東京都世田谷区松原二―二六―六
電話　〇三―三三二五―五七一七
FAX　〇三―三三二五―五七三一

印　刷　タイヨー美術印刷

製　本　あいずみ製本

乱丁本・落丁本はお取り替えいたします。

Printed in Japan
ISBN 978-4-87944-478-3 C0092